（漢）曹操　（唐）杜牧等　注

十一家注孫子

三

國家圖書館出版社

疾暴所向皆靡其徐如林曹操曰不見利也○李筌曰整陳而行○杜牧曰徐緩也言緩行之時須有行列如林木也恐為敵人之掩襲也○孟氏曰言緩行須有行列如林以防其掩襲○杜佑曰不見利不前如風吹林小動而其大不移○梅堯臣曰如林之森然不亂也○王晳曰齊肅也○張預曰徐舒也舒緩而行若林木之森森然謂未見利也尉繚子曰重者如山如林輕者如炮如熛也侵掠如火曹操曰疾也○李筌曰如火燎原無遺草○杜牧曰猛烈不可嚮也○賈林曰侵掠敵國若火燎原不可往復○張預曰詩云如火烈烈莫我敢遏言勢如猛火之熾誰敢禦我不動如山曹操曰守也○李筌曰駐車也○杜牧曰閉壁屹然不可搖動也○賈林曰未見便利敵誘誑我我因不動如山之安○梅堯臣曰峻不可犯○王晳曰堅守也○何氏曰止如山之鎮靜○張預曰所以持重也荀子議兵篇云圓居而方正則若盤石然觸之者角摧言不動之時若山石之不可移犯之者其角立毀難知如陰李筌曰其勢不測如陰不能覩萬象○杜牧曰如玄雲蔽天不見三辰○梅堯臣曰

幽隱莫測○王晳曰形藏也○何氏曰暗祕而不可料○張預曰如陰雲蔽天莫覩辰象動如雷震李筌曰盛怒也○杜牧曰如空中擊下不知所避也○賈林曰其動也疾不及應太公曰疾雷不及掩耳○梅堯臣曰迅不及避○王晳曰不虞而至○何氏曰藏謀以奮如此○張預曰如迅雷忽擊不知所避故太公曰疾雷不及掩耳迅電不及瞬目掠鄉分衆曹操曰因敵而制勝也○李筌曰抄掠必分兵為數道懼不虞也○杜牧曰敵之鄉邑聚落無有守兵六畜財穀易於剽掠則須分番次第使衆人皆得往也不可獨有所往如此則大小強弱皆欲與敵爭利也○陳皞曰夫鄉邑村落因非一處察其無備分兵掠之○掠鄉一作指向○賈林曰三軍不可言遣故以旌旗指向隊伍不可語傳故以麾幟分衆故因敵陳形可為勢此尤順訓練分明師徒服習也○梅堯臣曰以饗士卒○王晳曰指所鄉以分其衆鄉音向○何氏曰得掠物則與衆分○張預曰用兵之道大率務因糧於敵然而鄉邑之民所積不多必分兵隨處掠之乃可足用廓地分利曹操曰分敵利也○李筌曰得敵地必分守利害○杜牧曰廓

開也開土拓境則分割與有功者韓信言於漢王曰項王使人有功當封爵者刻印刓忍不能與今大王誠能反其道以天下城邑封功臣天下不足取也三略曰獲地裂之○陳皥曰言獲其土地則屯兵種蒔以分敵之利也○賈林曰廓度也度敵所據地利分其利也○梅堯臣曰與有功也○王晳曰廓視地形以據便利勿使敵專也○張預曰開廓平易之地必分兵守利不使敵人得之或云得地則分賞有功者今觀上下之文恐非謂此也

懸權而動 曹操曰量敵而動也○李筌曰權量秤也敵輕重與吾有銖鎰之別則動夫先動爲客後動爲主客難而主易太一遁甲定計之筭明動易也○杜牧曰如衡懸權秤量已定然後動也○何氏同杜牧註○張預曰如懸權於衡量知輕重然後動也尉繚子曰權敵審將而後舉言權量敵之輕重審察將之賢愚然後舉也

先知迂直之計者勝此軍爭之法也 李筌曰迂直道路勞佚餒寒生於道路○杜牧曰言軍爭者先須計遠近迂直然後可以爲勝其計量之審如懸權於衡不失錙銖然後可以動而取勝此乃軍爭勝之法也○梅堯臣曰稱量利害而動在預知遠近之方則勝○王晳曰量敵審輕重而動又知迂直必勝之道也○張預曰凡與人爭利必先量道路之迂直審察而後動則無勞頓寒餒之患而且進退遲速不失其機故勝也

軍政曰 梅堯臣曰軍之舊典○王晳曰古軍書

言不相聞故爲金鼓 杜佑曰金鉦鐸也聽其音聲以爲耳候○梅堯臣曰以威耳也耳威於聲不可不清○王晳曰鼓鼙鉦鐸之屬坐作進退疾徐疏數皆有其節

視不相見故爲旌旗 杜佑曰瞻其指麾以爲目候○梅堯臣曰以威目也目威於色不得不明○王晳曰表部曲行列齊整也

夫金鼓旌旗者所以一人之耳目也 李筌曰鼓進鐸退旌賞而旗罰耳聽金鼓目視旌旗故不亂也勇怯不能進退者由旗鼓正也○張預曰夫用兵既衆占地必廣首尾相遠耳目不接故設金鼓之聲使之相聞立旌旗之形使之相見視聽均齊則雖百萬之衆進退如一矣故曰鬬衆如鬬寡形名是也

人既專一則勇

者不得獨進怯者不得獨退此用衆之法也

杜牧曰旌以出令旗以應號蓋旗者即令之信旗也軍法曰當進不進當退不退者斬之吳起與秦人戰戰未合有一夫不勝其勇前獲雙首而返吳起斬之軍吏進諫曰此材士也不可斬吳起曰信材士非令也乃斬之○梅堯臣曰一人之耳目者謂使人之視聽齊一而不亂也鼓之則進金之則止麾右則右麾左則左不可以勇怯而獨先也○王晳曰使三軍之衆勇怯進退齊一者鼓鐸旌旗之為也○張預曰士卒專心一意惟在於金鼓旌旗之號令當進則進當退則退一有違者必戮故曰令不進而進與令不退而退厥罪惟均尉繚子曰鼓鳴旗麾先登者未嘗非多力國士也將者之過也言不可賞先登獲雋者恐進退不一耳

故夜戰多火鼓晝戰多旌旗所以變人之耳目也

李筌曰火鼓夜之所視聽旌旗晝之所指揮○杜牧曰令軍士耳目皆隨旌旗火鼓而變也或曰夜戰多火鼓其旨如何夜黑之後必無原野列陳與敵刻期而戰也軍襲敵營鳴鼓然火適足以警敵人之耳明敵人之目於我返害其義安在答曰富哉問乎此乃孫武之微旨也凡夜戰者蓋敵人來襲我壘不得已而與之戰其法在於立營之法與陳小同故志曰止則為營行則為陳蓋大陳之中必包小陳大營之內亦包小營蓋前後左右之軍各自有營環遶大將之營居於中央諸營環之隅落鈎聯曲折相對象天之壁壘星其營相去上不過百步下不過五十步道徑通達足以出隊列部壁壘相望足以弓弩相救每於十字路口必立小堡上致柴薪穴為暗道胡梯上之令人看守夜黑之後聲鼓四起即以燔燎是以賊夜襲我雖入營門四顧屹然復有小營各自堅守東西南北未知所攻大將營或諸小營中先知有賊至者放令盡入然後擊鼓諸營齊應衆堡燎火明如晝日諸營兵士於是閉門登壘下瞰敵人勁弩彊弓四向俱發敵人雖有韓白之將鬼神之兵亦無能計也唯恐夜不襲我來則必敗若敵人或能潛入一營即諸營舉火出兵四面繞之號令營中不得輒動須臾之際善惡自分賊若出走皆在羅網矣故司馬宣王入諸葛亮營壘見其曲折曰此天下之奇才也今之立營通洞豁達雜以居之若有賊夜來斫營萬人

而有待焉所謂守其氣者常養吾之氣使銳盛而不衰然後彼之氣可得而奪也

將軍可奪心

李筌曰怒之令憤撓之令亂間之令疎卑之令驕則彼之心可奪也○杜牧曰心者將軍心中所倚賴以為軍者也後漢寇恂征隗囂囂將高峻守高平第一峻遣軍將皇甫文出謁恂辭禮不屈恂怒斬之遣其副峻惶恐即日開城門降諸將曰敢問殺其使而降其城何也恂曰皇甫文峻之腹心其所取計者今來辭氣不屈必無降心全之則文得其計殺之則峻亡其膽是以降耳後燕慕容垂遣子寶率衆伐後魏始寶之來垂已有疾自到五原道武帝斷其來路父子問絕道武乃詭其行人之辭令臨河告之曰父已死何不遽還寶兄弟聞之憂懼以為信然因夜遁去道武襲之大破於參合陂○梅堯臣曰以鼓旗之變惑奪其氣軍既奪氣將亦奪心○王晳曰紛亂諠譁則將心奪矣○何氏曰先須己心能固然後可以奪敵將之心故傳曰先人有奪人之心司馬法曰本心固新氣勝者是也○張預曰心者將之所主也夫治亂勇怯皆主於心故善制敵者撓之而使亂激之而使惑迫之而使懼故彼之心謀可以奪也傳曰先人有奪人之心謂奪上本心之計也又李靖曰攻者不止攻其城擊其陳而已必有攻其心之術焉所謂攻其心者常養吾之心使安閑而不亂然後彼之心可得而奪也

是故朝氣銳

陳皥曰初來之氣氣方盛銳勿與之爭也○孟氏曰司馬法曰新氣勝舊氣新氣即朝氣也○王晳曰士衆凡初舉氣銳也

晝氣惰

王晳曰漸久少怠

暮氣歸

孟氏曰朝氣初氣也晝氣再作之氣也暮氣衰竭之氣也○梅堯臣曰朝言其始也晝言其中也暮言其終也謂兵始而銳久則惰而思歸故可擊○王晳曰怠久意歸無復戰理

故善用兵者避其銳氣擊其惰歸此治氣者也

李筌曰氣者軍之氣勇○杜牧曰陽氣生於子成於寅衰於午伏於申凡晨朝陽氣初盛其來必銳故須避之候其衰伏擊之必勝武德中太宗與竇建德戰於汜水東建德列陣彌亘數理太宗將數騎登高觀之謂諸將曰賊度險而囂是軍無政令逼城而陳有輕我心按兵不出待敵氣衰陳久卒飢必將自退退而擊之何往不克建德列陳自卯至午兵士飢倦悉列坐右又

爭飲水太宗曰可擊矣遂戰生擒建德○陳皞曰有辰巳列陳至午
未未勝者午未列陳至申酉未勝者不必事須晨旦而爲陽氣申午
而爲衰氣也太宗之攻建德也登高而望之謂諸將曰賊盡銳來攻
我當少避之退則可以騎留之以明不須晨旦也凡彼有銳則如此
避之不然則否○杜佑曰避其精銳之氣擊其懈惰欲歸此理氣者
也曹劌之說是也○梅堯臣曰氣盛勿擊衰懈易敗○何氏曰夫人
情莫不樂安而惡危好生而懼死無故驅之就死尸之地樂趍於兵
戰之場其心之所畜非有忿怒欲鬭之氣一旦乘而激之冒難而不
顧犯危而不畏則未嘗不悔而怯矣今夫天下懦夫心有所激則率
爾爭鬬不啻諸劌至于操刃而求鬭者氣之所乘也氣衰則息憪然
而悔矣故三軍之視強寇如視處女者乘其忿怒而有所激也是以
即墨之圍五千人擊却燕師者乘燕劓降掘塚之怒也秦之鬭士倍
我者因三施無報之怒所以我怠而秦奮也二者治氣有道而所用
乘其機也○張預曰朝喻始晝喻中暮喻末非以早晚爲辭也凡人
之氣初來新至則勇銳陳久人倦則衰故善用兵者當其銳盛則堅
守以避之待其惰歸則出兵以擊之此所謂善治己之氣以奪人之

氣者也前趙將游子遠之敗伊餘羌唐
武德中太宗之破竇建德皆用此術

以治待亂以靜待譁此治心者也

李筌曰伺敵之變因而乘之○杜牧曰司馬
法曰本心固言料敵制勝本心已定但當調
治之使安靜堅固不爲事撓不爲利惑候敵之亂伺敵之譁則出兵
攻之矣○陳皞曰政令不一賞罰不明謂之亂旌旗錯雜行伍輕囂
謂之譁審敵如是則出攻之○賈林曰以我之整治待敵之撓亂以
我之清淨待敵之諠譁此治心者也故太公曰事莫大於必克用莫
大於玄默也○梅堯臣曰鎮靜待敵衆心則寧○王晳同陳皞註○
何氏曰夫將以一身之寡一心之微連百萬之衆對虎狼之敵利害
之相雜勝負之紛揉權智萬變而措置於胸臆之中非其中廓然方
寸不亂豈能應變而不窮處事而不迷卒然遇大難而不驚案然接
萬物而不惑吾之治足以待亂吾之靜足以待譁前有百萬之敵而
吾視之則如遇小寇亞夫之禦寇也堅卧而不起欒箴之臨敵也好
以整又好以暇夫審此二人者蘊以何術哉蓋其心治之有素養之
有餘也○張預曰治以待亂靜以待譁安以待躁忍以待忿嚴以待

懈此所謂善治己之心以奪人之心者也

以近待遠以佚待勞以飽待飢此治力者也

李筌曰客主之勢○杜牧曰上文云致人而不致於人是也○杜佑曰以我之近待彼之遠以我之閑佚待彼之疲勞以我之充飽待彼之飢虛此理人力者也○梅堯臣曰無困竭人力以自弊○王晳曰以餘制不足善治力也○張預曰近以待遠佚以待勞飽以待飢誘以待來重以待輕此所謂善治己之力以困人之力者也

無邀正正之旗勿擊堂堂之陳此治變者也

曹操曰正正齊也堂堂大也○李筌曰正正者齊整也堂堂者部分也○杜牧曰堂堂者無懼也兵者隨敵而變敵有如此則勿擊之是能治變也後漢曹公圍鄴袁尚來救公曰尚若從大道來當避之若循西山來此成擒耳尚果循西山來逆擊大破之也○梅堯臣曰正正而來堂堂而陳示無懼也必有奇變○王晳曰本可要擊以視整齊盛大故變○何氏曰所謂強則避之○張預曰正正謂形名齊整也堂堂謂行陳廣大也敵人如此豈可輕

戰軍政曰見可而進知難而退又曰強而避之言須識變通此所謂善治變化之道以應敵人者也

故用兵之法高陵勿向背丘勿逆

李筌曰地勢也○杜牧曰向者仰也背者倚也逆者迎也言敵在高處不可仰攻敵倚丘山下來求戰不可逆之此言自下趨高者力乏自高趨下者勢順也故不可向迎○孟氏曰敵背丘陵為陳無有後患則當引軍平地勿迎擊之○杜佑曰敵若依據丘陵險阻陳兵待敵勿輕攻趁也既馳勢不便及有殞石之衝也○梅堯臣曰高陵勿向者敵處其高不可仰擊背丘勿逆者敵自高而來不可逆戰勢不便也○王晳曰如此不便則當嚴陳以待變也○何氏曰秦伐韓趙王令趙奢救之秦人聞之悉甲而至軍士許歷請以軍事諫曰秦人不意趙師至此其來氣盛將軍必厚集其陳以待之不然必敗令先據北山上者勝後至者敗奢從之即發萬人趨之秦兵後至爭山不得上奢縱兵擊之大破秦軍後周遣將伐高齊圍洛陽齊將段韶禦之登邙坂聊欲觀周軍形勢至太和谷便值周軍即遣馳告諸營與諸將結陳以待之周軍以步人在前上山逆戰韶以彼步我騎且却且引

得其方弊乃遣下馬擊之短兵始交周人大潰並即奔遁○張預曰敵處高爲陳不可仰攻人馬之馳逐弧矢之施發皆不便也故諸葛亮曰山陵之戰不仰其高敵從高而來不可迎之勢不順也引至平地然後合戰

佯北勿從 李筌杜牧曰恐有伏兵也○賈林曰敵未衰忽然奔北必有奇伏要擊我兵謹勒將士勿令逐追○杜佑曰北奔走也敵方戰氣勢未衰便奔走而陳兵者必有奇伏勿深入從之故太公曰夫出甲陳兵縱卒亂行者欲以爲變也○梅堯臣同杜牧註○王晳曰勢不至北必有詐也則勿逐○何氏曰如戰國秦師伐趙趙奢之子括代廉頗將拒秦於長平秦陰使白起爲上將軍趙出兵擊秦秦軍佯敗而走張二奇兵以刼之趙軍逐勝追造秦壁壁堅不得入而秦奇兵二萬五千人絕趙軍後又一軍五千騎絕趙壁間趙軍分而爲二糧道絕而秦出輕兵擊之趙戰不利因築壁堅守以待救至秦聞趙食道絕王自之河內發卒遮絕趙救及糧食趙卒不得食四十六日陰相殺食括中射而死蜀劉表遣劉備北侵至葉曹公遣夏侯惇李典拒之一朝備燒屯去惇遣諸將追擊之典曰賊無故退疑必有伏南道窄狹草木深不可追也不聽

惇等果入賊伏裏典往救備見救至乃退西魏末遣將史寧與突厥同伐吐谷渾遂至樹敦即吐谷渾之舊都多諸珍藏而其主先已奔賀真城留其征南王及數千人固守寧攻之僞退吐谷渾人果開門逐之因回兵奪門門未及闔寧兵遂得入生獲其征南王俘獲男女財寶盡歸諸突厥北齊高澄立侯景叛歸梁而圍彭城澄遣慕容紹宗討之將戰紹宗以梁人剽悍恐其衆之撓也召將帥而語之曰我當佯退誘梁人使前汝可擊其背申明誡之景又命梁人曰逐北勿過二里會戰紹宗走梁人不用景言乘敗深入魏人以紹宗之言爲信爭掩擊遂大敗之唐安祿山反郭子儀圍衛州僞鄭王慶緒率兵來援分爲三軍子儀陳以待之預選射者三千人伏於壁內誡之曰俟吾小却賊必爭進則登城鼓譟弓弩齊發以逼之既戰子儀僞退而賊果乘之乃開壘門遽聞鼓譟矢注如雨賊徒震駭整衆追之遂虜慶緒○張預曰敵人奔北必審真僞若旗鼓齊應號令如一紛紛紜紜雖退走非敗也必有奇也不可從之若旗靡轍亂人囂馬駭此真敗却也

銳卒勿攻 李筌曰避强氣也○杜牧曰避實也楚子伐隋隋臣季良曰楚人尚左君必左無與王遇且攻

其右右無良焉必敗偏敗衆乃攜矣隋少師曰不當王非敵也不從隋師敗績○陳皞曰此說是避敵所長非銳卒勿攻之旨也蓋言士卒輕銳且勿攻之待其懈惰然後擊之所謂千里遠鬬其鋒莫當蓋近之爾○梅堯臣曰伺其氣挫○何氏曰如蜀先主率大衆東伐吳吳將陸遜拒之蜀主從建平連圍至夷陵界立數十屯以金帛爵賞誘動諸夷先遣將吳班以數千人於平地立營欲以挑戰諸將皆欲擊之遜曰備舉軍東至銳氣始盛且乘高守險難可卒攻攻之縱下猶難盡克若有不利損我必大今但且獎勵將士廣施方畧以觀其變備知其計不行乃引伏兵八千人從谷中出遜曰所以不聽諸軍擊班者揣之必有巧故也諸將並曰攻備當在初今乃令人五六百里相銜持經七八月其諸要害賊已固守擊之必無利矣遜曰備是猾虜其軍始集思慮精專未可干也今住已久不得我便兵疲意沮計不復生掎角此寇正在今日乃先攻一營不利遜曰吾已曉破之之術乃令各持一把茅以火攻拔之備因夜遁魏末吳將諸葛恪圍新城司馬景王使毋丘儉文欽等拒之儉欽請戰景王曰恪卷甲深入投兵死地其鋒未易當且新城小而固攻之未可拔遂令諸將高

壘以弊之相持數月恪攻城力屈死傷太半景王乃令欽督銳卒趣合榆斷其歸路恪懼而遁前趙劉曜遣將討羌大酋權渠率衆保險阻曜將游子遠頻敗之權渠欲降其子伊餘大言於衆中曰往年劉曜自來猶無若我何晨壓子遠壘門左右勸出戰子遠曰吾聞伊餘有專諸之勇慶忌之捷其父新敗怒氣甚盛且西戎勁悍其鋒不可擬也不如緩之使氣竭而擊之乃堅壁不戰伊餘有驕色子遠候其無備夜分誓衆秣馬蓐食先晨具甲掃壘而出遲明設覆而戰生擒伊餘于陳唐武德中太宗率師往河東討劉武周江夏王道宗從軍太宗登玉壁城覩賊顧謂道宗曰賊恃其衆來邀我戰汝謂如何對曰羣賊鋒不可當易以計屈難與力爭今衆深壁高壘以挫其鋒烏合之徒莫能持久糧運致竭自當離散可不戰而擒太宗曰汝意見暗與我合後賊食盡夜遁一戰敗之又太宗征薛仁杲於折墌城賊十有餘萬兵鋒甚銳數來挑戰諸將請戰太宗曰我卒新經挫衂銳氣猶少賊驟勝必輕進好鬬我且閉壁以折之待其氣衰而後擊可一戰而破此萬全計也因令軍中曰敢言戰者斬相持久之賊糧盡軍中頗攜貳其將相繼來降太宗知仁杲必腹內離謂諸將曰可以

戰[illegible]令總管梁實營於淺水原以誘之賊大將宗羅睺自恃驕悍求戰不得氣憤者久之及是盡銳攻梁實冀逞其志梁實固險不出以挫其鋒羅睺攻之愈急太宗度賊已疲復謂諸將曰彼氣將衰吾當取之必矣申令諸將遲明合戰令將軍龐玉陳於淺水原南出賊之右先餌之羅睺併軍共戰玉軍幾敗太宗親禦大軍奄自原北出其不意羅睺回師相拒我師表裏齊奮呼聲動天羅睺氣奪於是大潰又李靖從河間王孝恭討蕭銑兵至夷陵銑將文士弘率精卒數萬屯清江孝恭欲擊之靖曰士弘銑之健將士卒驍勇今新出荊門盡兵出戰此是救敗之師恐不可當也宜且泊南岸勿與爭鋒待其氣衰然後奮擊破之必矣孝恭不從留靖守營與賊戰孝恭果敗奔于南岸○張預曰敵若乘銳而來其鋒不可當宜少避之以伺衰挫晉楚相持楚晨壓晉軍而陳軍吏患之欒書曰楚師輕窕固壘以待之三日必退退而擊之必獲勝焉又唐太宗征薛仁杲賊兵鋒甚銳數來挑戰諸將咸請戰太宗曰當且閉壘以折之待其氣衰可一戰而破也

餌兵勿食

李筌曰秦人毒涇上流○杜牧曰敵忽棄飲食而去先須嘗試不可便食慮毒也後魏文帝時庫莫奚侵擾詔濟陰王新成率衆討之王乃多爲毒酒賊既漸逼使棄營而去賊至喜競飲酒酣毒作王簡輕騎縱擊俘獲萬計○陳皥曰此之獲勝蓋非偶然固非爲將之道垂後世法也孫子豈以他人不能致毒於人腹中哉此言喻魚若見餌不可食也敵若懸利不可貪也曹公與袁紹將文醜等戰諸將以爲敵騎多不如還營荀攸曰此所以餌敵也安可去之即知餌兵非止謂寘毒也食字疑或爲貪字也○梅堯臣曰魚貪餌而亡兵貪餌而敗敵以兵來釣我我不可從○王晳曰餌我以利必有奇伏○何氏曰如春秋時楚伐絞軍其南門莫敖屈瑕曰絞小而輕輕則寡謀請無扞采樵者以誘之從之絞人獲三十人明日絞人爭出驅楚役徒於山中楚人坐其北門而覆諸山下大敗之爲城下之盟而還又如赤眉佯敗棄輜重走車載土以豆覆其上鄧弘取之爲赤眉所敗曹公未得濟而放牛馬馬超取之而公得渡又如曹公棄輜重文醜劉備分取之而爲公所破又如後魏廣陽王元深以乜列河誘拔陵竟來抄掠拔陵爲于謹伏兵所破此皆餌之術也○張預曰三略曰香餌之下必有懸魚言魚貪餌則爲釣者所得兵貪利則爲敵人所敗夫餌兵非止謂寘毒於

無必死之心因而擊之後漢妖巫維汜弟子單臣傅鎮等相聚入原武城刼掠吏人自稱將軍光武遣臧宮將北軍數千人圍之賊食多數攻不下士卒死傷帝召公卿諸侯王問方略明帝時爲東海王對曰妖巫相刼勢無久立其中必有悔者但外圍急不得走耳小挺緩令得逃亡則一亭長足以擒矣帝即勑令開圍緩守賊衆分散遂斬臣鎮等大唐天寶末李光弼領朔方軍與史思明戰于土門賊衆退散四面圍合光弼令開東南角以縱之賊見開圍棄甲急走因追擊之盡殲其衆是開一面也○杜佑曰若圍敵平陸之地必空一面以示其虛欲使戰守不固而有去留之心若敵臨危據險彊救在表當堅固守之未必闕也此用兵之法○梅堯臣同曹操註○何氏曰如後漢初張步據齊地漢將耿弇揔兵討之步使其大將費邑軍歷下又分守祝阿鍾城弇先擊祝阿自晨攻城未日中而拔故開圍一角令其衆得奔歸鍾城鍾城人聞祝阿已潰大恐懼遂空壁亡去又朱儁與徐璆共討黄巾餘賊韓忠據宛乞降不許因急攻之連城不克儁登山覩之顧謂張超曰吾知之矣賊今外圍周固内營急逼乞降不受欲出不得所以死戰也萬人一心猶不可當況十萬乎其害甚矣今不如徹圍并兵入城忠見圍解則勢必自出出則意散易破之道也既而解圍忠果出戰儁因破之又魏太祖圍壺關下令曰城拔皆坑之連月不下曹仁曰圍城必示之活門所以開其生路也今公告之必死將人自爲守且城固而糧多攻之則士卒傷守之則日久今頓兵堅城之下攻必死之虜非良計也太祖從之開城遂降又後魏末齊神武起義兵於河北尒朱兆天光度律仲遠等四將同會鄴南士馬精彊號二十萬圍神武於南陵山是時神武馬二千步卒不滿三萬人兆等設圍不合神武連繫牛驢自塞歸道於是將士死戰四面奮擊大破兆等○張預曰圍其三面開其一角示以生路使不堅戰後漢朱儁討賊帥韓忠於宛急攻不克因謂軍吏曰賊今外圍周固所以死戰若我解圍勢必自出出則意散易破之道也果如其言又曹公圍壺關謂之曰城破皆坑之連攻不下曹仁謂公曰夫圍城必示之活門所以開其生路也今公許之必死令人自守非計也公從之遂拔其城是也

窮寇勿迫

杜牧曰春秋時吳伐楚楚師敗走及清發闔閭復將擊之夫槩王曰困獸猶鬭況人乎若知不免而致死必敗我若使半濟而後可擊也從之又敗

之漢宣帝時趙充國討先零羌羌覩大軍棄輜重欲渡湟水道阸狹充國徐行驅之或曰逐利行遲充國曰窮寇也不可迫緩之則走不顧急之則還致死諸將曰善虜果赴水溺死者數萬於是大破之也○陳皥曰鳥窮則搏獸窮則噬也○梅堯臣曰困獸猶鬬物理然也○何氏曰前燕呂護據野王陰通晉事覺燕將慕容恪等率衆討之將軍傅顔言之恪曰護窮寇假合王師既臨則上下喪氣殿下前以廣固天險守易攻難故爲長久之策今賊形不與往同宜急攻之以省千金之費恪曰護老賊經變多矣觀其爲備之道則未易卒圖也今圍之於窮城樵採路絶內無蓄積外無彊援不過於十旬斃之必矣何必殘士卒之命而趨一時之利哉此謂兵不血刃而坐以制勝也遂列長圍守之凡經六月而野王潰護南奔于晉悉降其衆五代晉將符彦卿杜重威經略北鄙遇虜於陽城戎人十萬圍晉師於中野乏水軍人鑿井取泥衣絞而吮之人馬渴死甚衆彦卿曰與其束手就擒曷若以身徇國我今窮蹙乃率勁騎出擊之會大風揚塵乘勢決戰戎人大潰此彦卿爲虜十萬所圍乃窮蹙之寇遂致死力以求生戎人不悟之致敗也○張預曰敵若焚舟破釜來決一戰則不

可逼迫蓋獸窮則搏也晉師敗齊于鞌齊侯請盟晉人不許齊侯曰請收合餘燼背城借一晉人懼而與之盟吳夫槩王謂困獸猶鬬漢趙充國言緩之則走不顧急之則還致死蓋亦近之

此用兵之法也

九變篇

曹操曰變其正得其所用九也○王晳曰晳謂九者數之極用兵之法當極其變耳逸詩云九變復貫不知曹公謂何爲九或曰九地之變也○張預曰變者不拘常法臨事適變從宜而行之之謂也凡與人爭利必知九地之變故次軍爭

孫子曰凡用兵之法將受命於君合軍聚衆

張預曰已解上文

圮地無舍

曹操曰無所依也水毀曰圮○李筌曰地下曰圮行必水淹也○陳皥曰圮低下也孔明謂之地獄獄者中下四面高也○孟氏曰太下則爲敵所囚○杜佑曰擇地頓兵當趨利而避害也○梅堯臣曰山林險阻沮澤之

地不可舍止無所依也○何氏曰下篇言圯地則吾將進其塗謂少
固之地宜速去之也○張預曰山林險阻沮澤凡難行之道爲圯地
以其無所依故不可舍止**衢地交合**曹操曰結諸侯也○李筌曰四通曰衢結諸侯之交地也○賈林曰結諸侯以
爲援○梅堯臣曰夫四通之地與旁國相通當結其交也○何氏曰
下篇云衢地吾將固其結言交結諸侯使牢固也○張預曰四通之
地旁有鄰國先往結之以爲交援**絶地無留**曹操曰無久止也○李筌曰地無泉井畜牧采樵之處爲絶地不可
留也○賈林曰谿谷坎險前無通路曰絶當速去無留○梅堯臣曰
始去國始出境猶不居輕地是不可久留也○張預曰去國越境而
師者絶地也危絶之地過於重地故不可淹留久止也**圍地則謀**曹操曰發奇謀也○李筌曰因地能通○賈林
曰居四險之中曰圍地敵可往來我難出入居此地者可預設奇謀
使敵不爲我患乃可濟也○梅堯臣曰往返險迂當出奇謀○何氏
曰下篇亦云圍地則謀言在艱險之地與敵相持須用奇險詭譎之
謀不至於害也○張預曰居前隘後固之地當發奇謀若漢高爲匈

奴所圍用陳平奇計得出茲近之**死地則戰**曹操曰殊死戰也○李筌曰置兵於必死之地人自爲私鬬韓信破
趙此是也○梅堯臣曰前後有礙決在死戰此而上舉九地之大約
也○王晳註上之五地並同曹公○何氏曰下篇亦云死地則戰者
此地速爲死戰則生若緩而不戰氣衰糧絶不死何待也○張預曰
走無所往當殊死戰淮陰背水陳是也從圯地無舍至此爲九變止
陳五事者舉其大略也九地篇中說九地之變唯言六事亦陳其大
略也凡地有勢有變九地篇上所陳者是其勢也下所敘者是其變
也何以知九變爲九地之變下文云將不通九變雖知地形不能得
地利又九地篇云九地之變屈伸之利不可不察以此觀之義可見
也下既說九地此復言九變者孫子欲敘五利故先陳九變蓋九變五利相須而用故兼言之**塗有所不由**
曹操曰隘難之地所不當從不得已從之故爲變○李筌曰道有險
狹懼其邀伏不可由也○杜牧曰後漢光武遣將軍馬援耿舒討武
陵五谿蠻軍次下雋今辰州也有兩道可入從壺頭則路近而水險
從充道則路夷而運遠帝初以爲疑及軍至耿舒欲從充道援以爲棄

日費糧不如進壺頭搤其咽喉則賊自破以事上之帝從援策乃進營壺頭賊乘高守隘水疾船不得上會暑濕士卒多疫死援亦中病卒耿舒與兄好時侯書曰舒前上言當先擊充糧雖難運而兵馬得用軍人數萬爭欲先奮今壺頭竟不得進大衆怫鬱行死誠可痛惜○賈林曰由從也途且不利雖近不從○杜佑曰阨難之地所不當從也不得已從之故爲變也○梅堯臣曰避其險阨也○王晳曰途雖可從而有所不從慮奇伏也若趙涉說周亞夫避殽黽阨陿之間慮置伏兵請走藍田出武關抵洛陽閒不過差一二日是也○張預曰險阨之地車不得方軌騎不得成列故不可由也不得已而行之必爲權變韓信知陳餘不用李左車計乃敢入井陘口是也

軍有所不擊曹操曰軍雖可擊以地險難久留之失前利若得之則利薄困窮之兵必死戰也○杜牧曰蓋以銳卒勿攻歸師勿遏窮寇勿迫死地不可攻或我彊敵弱敵前軍先至亦不可擊恐驚之退走也言有如此之軍皆不可擊斯統言爲將須知有此不可擊之軍即須不擊益爲知變也故列於九變篇中○陳皥曰見小利不能傾敵則勿擊之恐虛勞人也○賈林曰軍可威懷勢將降伏則不擊寇窮據險擊則死戰可自固守待其心情取之○杜佑曰軍雖可擊以地險難久留之失前利若得之利薄也窮困之卒隘陷之軍不可攻爲死戰也當固守之以待隙也○梅堯臣曰往無利也○王晳曰曹公曰軍雖可擊以地險難久留之失前利若得之則利薄晳謂餌兵銳卒正正之旗堂堂之陳亦是也○張預曰縱之而無所損克之而無所利則不須擊也又若我弱彼彊我曲彼直亦不可擊如晉楚相持士會曰楚人德刑政事典禮不易不可敵也不爲是征義相近也

城有所不攻曹操曰城小而固糧饒不可攻也操所以置華費而深入徐州得十四縣也○杜牧曰操捨華費不攻故能兵力完全深入徐州得十四縣也蓋言敵於要害之地深峻城隍多積糧食欲留我師若攻拔之未足爲利不拔則挫我兵勢故不可攻也宋順帝時荆州守沈攸之反素蓄士馬資用豐積戰士十萬甲馬二千軍至郢城功曹臧寅以爲攻守異勢非旬日所拔若不時舉挫銳損威今順流長驅計日可捷既傾根本則郢城豈能自固故兵法曰城有所不攻是也攸之不從郢郡守柳世隆拒攸之攸之盡銳攻之不克衆潰走入林自縊後周武帝欲

至□五利或曰自圯地無舍至地有所不爭爲九變謂此九事皆不從中覆但臨時制宜故統之以君命有所不受

故將通於九變之地利者知用兵矣

李筌曰謂上之九事也○杜佑曰九事之變皆臨時制宜不由常道故言變也○賈林曰九變上九事將帥之任機權遇勢則變因利則制不拘常道然後得其通變之利變之則九數之則十故君命不在常變例也○梅堯臣曰達九地之勢變而爲利也○王晳曰非賢智不能盡事理之變也○何氏曰孫子以九變名篇解者十有餘家皆不條其九變之目者何也蓋自圯地無舍而下至君命有所不受其數十矣使人不得不惑愚熟觀文意上下止述其地之利害爾且十事之中君命有所不受且非地事昭然不類矣蓋孫子之意言凡受命之將合聚軍衆如經此九地有害而無利則當變之雖君命使之舍留攻爭亦不受也況下文言將不通於九變之利者雖知地形不能得地之利矣其君命豈得與地形而同筭也況下之地形篇云戰道必勝主曰無戰必戰可也戰道不勝主曰必戰無戰可也厥旨盡在此矣○張預曰更變常道而得其利者知用兵之道矣

將不通於九變之利者雖知地形不能得地之利矣

賈林曰雖知地形心無通變豈惟不得其利亦恐反受害也將貴適變也○梅堯臣曰知地不知變安得地之利○張預曰凡地有形有變知形而不曉變豈能得地之利

治兵不知九變之術雖知五利不能得人之用矣

曹操曰謂下五事也九變一云五變○賈林曰五利五變亦在九變之中遇勢能變則利不變則害在人故無常體能盡此理乃得人之用也五變謂途雖近知有險阻奇伏之變而不由軍雖可擊知有窮寇死鬬之變而不擊城雖勢孤可攻知有糧充兵銳將智臣忠不測之變而不攻地雖可爭知得之難守得之無利有反奪傷人之變而不爭君命雖宜從之知有內御不利之害而不受此五變者臨時制宜不可預定貪五利者途近則由軍勢孤則擊城勢危則攻地可取則爭軍可用則受命貪此五利不知其變豈惟不得人用抑亦敗軍傷士也○梅堯臣曰知利不知變安得人

而用○王晳曰雖知五地之利不通其變如膠柱鼓瑟耳○張預曰凡兵有利有變知利而不識變豈能得人之用曹公言下五事爲五利者謂九變之下五事也非謂雜於利害已下五事也

是故智者之慮必雜於利害

曹操曰在利思害在害思利當難行權也○李筌曰害彼利此之慮○賈林曰雜一爲親一爲難言利害相參雜智者能慮之慎之乃得其利也○梅堯臣同曹操註○王晳曰將通九變則利害盡矣○張預曰智者慮事雖處利地必思所以害雖處害地必思所以利此亦通變之謂也

雜於利而務可信也

曹操曰計敵不能依五地爲我害所務可信也○杜牧曰信申也言我欲取利於敵人不可但見取敵人之利先須以敵人害我之事參雜而計量之然後我所務之利乃可申行也○賈林曰在利之時則思害以自慎一云以害雜利行之威令以臨之刑法以戮之已不二三則衆務皆信人不敢欺也○梅堯臣曰以害參利則事可行○王晳曰曲盡其利則可勝矣○張預曰以所害而參所利可以伸己之事鄭師克蔡國人皆喜惟子產懼曰小國無文德而有武功禍莫大焉後楚果伐鄭此是在利思害也

雜於害而患可解也

曹操曰既參於利則亦計於害雖有患可解也○李筌曰智者爲利害之事必合於道不至於極○杜牧曰我欲解敵人之患不可但見敵能害我之事亦須先以我能取敵人之利參雜而計量之然後有患乃可解釋也故上文云智者之慮必雜於利害也譬如敵人圍我我若但知突圍而去志必懈怠即必爲追擊未若勵士奮擊因戰勝之利以解圍也舉一可知也○賈林曰在害之時則思利而免害故措之死地則生投之亡地則存是其患解也○梅堯臣曰以利參害則禍可脫○王晳曰周知其害則不敗矣○何氏曰利害相生明者常慮○張預曰以所利而參所害可以解已之難張方入洛陽連戰皆敗或勸方宵遁方曰兵之利鈍是常貴因敗以爲成耳夜潛進逼敵遂致克捷此是在害思利也

是故屈諸侯者以害

曹操曰害其所惡也○李筌曰害其政也○杜牧曰惡音一路反言敵人苟有其所惡之事我能乘而害之不失其機則能屈敵也○賈林曰爲害之計理非一途或誘其賢智令彼無臣或遺以

蕩人破其政令或爲巧詐間其君臣或遺工巧使其人疲財耗或饋淫樂變其風俗或與美人惑亂其心此數事若能潛運陰謀密行不泄皆能害人使之屈折也○梅堯臣曰制之以害則屈也○王晳曰窮屈於必害之地勿使可解也○張預曰致之於受害之地則自屈服或曰間之使君臣相疑勞之使民失業所以害之之也若韋孝寬間斛律光高熲平陳之策是也

役諸侯者以業曹操曰業事也使其煩勞若彼入我出彼出我入也○李筌曰煩其農也○杜牧曰言勞役敵人使不得休我須先有事業乃可爲也事業者兵衆國富人和令行也○杜佑曰能以事勞役諸侯之人令不得安佚韓人令秦鑿渠之類是也或以奇技藝業淫巧功能令其耽之心因內役諸侯若此而勞○梅堯臣曰撓之以事則勞○王晳曰常若爲攻襲之業以弊敵也田常曰吾兵業已加魯矣○張預曰以事勞之使不得休或曰壓之以富彊之業則可役使若晉楚國彊鄭人以犧牲玉帛奔走以事之是也

趨諸侯者以利曹操曰令自來也○李筌曰誘之以利○杜牧曰言以利誘之使自來至我也墮吾畫中○孟氏曰趨速也善

示以利令忘變而速至我作變以制之亦謂得人之用也○梅堯臣同杜牧註○王晳曰趨敵之間當周旋我利也○張預曰動之以小利使之必趨

故用兵之法無恃其不來恃吾有以待也梅堯臣曰所恃者不懈也

無恃其不攻恃吾有所不可攻也曹操曰安不忘危常設備也○李筌曰預備不可闕也○杜佑曰安則思危存則思亡常有備○梅堯臣曰所賴者有備也○王晳曰備者實也○何氏曰兵略曰君子當安平之世刀劍不離身古諸侯相見兵衛不徹警蓋雖有文事必有武備況守邊固圉交刃之際歟凡兵所以勝者謂擊其空虛襲其懈怠苟嚴整終事則敵人不至傳曰不備不虞不可以師昔晉人禦秦深壘固軍以待之秦師不能久楚爲陳而吳人至見有備而返程不識將屯正部曲行伍營陳擊刁斗吏治軍簿虜不得犯朱然爲軍師雖世無事每朝夕嚴鼓兵在營者咸行裝就隊使敵不知所備故出輒有功是謂能外禦其侮者乎常能居安思危在治思亂戒之於無形防之於未然斯善之善者也其

次萸如險其走集明其伍候慎固其封守繕完其溝隍或多調軍食或益修戰械故曰物不素具不可以應卒又曰惟事事乃其有備有備無患常使彼勞我佚彼老我壯亦可謂先人有奪人之心不戰而屈人之師也若夫莒以恃陋而潰齊以狎敵而殲虢以易晉而亡魯以果邾而敗莫敖小羅而無次吳子入巢而自輕斯皆可以作鑒也故吾有以待吾有所不可攻者能豫備之之謂也○張預曰言須思患而預防之傳曰不備不虞不可以師

故將有五危

李筌張預曰下五事也

必死可殺也

曹操曰勇而無慮必欲死鬬不可曲撓可以奇伏中之○李筌曰勇而無謀也○杜牧曰將愚而勇者患也黃石公曰勇者好行其志愚者不顧其死吳子曰凡人之論將常觀於勇勇之於將乃數分之一耳夫勇者必輕合輕合而不知利未可將也○梅堯臣同李筌註○何氏曰司馬法曰上死不勝言貴其謀勝也○張預曰勇而無謀必欲死鬬不可與力爭當以奇伏誘致而殺之故司馬法曰上死不勝言將無策略止能以死先士卒則不勝也

必生可虜也

曹操曰見利畏法不進也○李筌曰

疑怯可虜也○杜牧曰晉將劉裕泝江追桓玄戰于崢嶸洲于時義軍數千玄兵甚盛而玄懼有敗衂常漾輕舸於舫側故其衆莫有鬬心義軍乘風縱火盡銳爭先玄衆是以大敗也○孟氏曰將之怯弱志必生返意不親戰士卒不精上下猶豫可急擊而取之新訓曰為將怯懦見利而不能進太公曰失利後時反受其殃○梅堯臣曰怯而不果○王晳曰無鬬志曹公曰見利怯不進也晳謂見害亦輕走矣○何氏曰司馬法曰上生多疑疑為大患也○張預曰臨陳畏怯必欲生返當鼓譟乘之可以虜也晉楚相攻晉將趙嬰齊令其徒先具舟於河欲敗而先濟是也

忿速可侮也

曹操曰疾急之人可忿怒侮而致之也○李筌曰急疾之人性剛而可侮致也太宗殺宋老生而平霍邑○杜牧曰忿者剛怒也速者褊急也性不厚重也若敵人如此可以陵侮使之輕進而敗之也十六國姚襄攻黃落前秦符生遣符黃眉鄧羌討之襄深溝高壘固守不戰鄧羌說黃眉曰襄性剛很易以剛動若長驅鼓行直壓其壘必忿而出師可一戰而擒也黃眉從之襄怒出戰黃眉等斬之○杜佑曰急疾之人可忿怒而致死忿速易怒者狷戇疾急不計其難可

動作欺侮○梅堯臣曰狷急易動○王晳曰將性貴持重忿狷則易撓○張預曰剛愎褊急之人可凌侮而致之楚子玉剛忿晉人執其使以怒之果從晉師遂爲所敗是也

廉潔可辱也曹操曰廉潔之人可汙辱致之也○李筌曰矜疾之人可辱也○杜佑曰此言敵人若高壁固壘欲老我師我勢不可留利在速戰揣知其將多忿急則輕侮而致之性本廉潔則汙辱之如諸葛孔明遺司馬仲達以巾幗欲使怒而出戰仲達忿怒欲濟師魏帝遣辛毗仗節以止之仲達之才猶不勝其忿況常才之人乎○梅堯臣曰徇名不顧○王晳同曹操註○張預曰清潔愛民之士可垢辱以撓之必可致也

愛民可煩也曹操曰出其所必趨愛民者則必倍道兼行以救之救之則煩勞也○李筌曰攻其所愛必卷甲而救愛其人乃可以計疲○杜牧曰言仁人愛人者惟恐殺傷不能捨短從長棄彼取此不度遠近不量事力凡爲我攻則必來救如此可以煩之令其勞頓而後取之也○陳皞曰兵有須救不必救者項羽救趙此須救也亞父委梁不必救也○賈林曰廉潔之人不好侵掠愛人之仁不好鬭戰辱而煩之其動必敗○梅堯臣曰力疲則困○王晳曰以奇兵若將攻城邑者彼愛民必數救則煩勞也○張預曰民雖可愛當審利害若無微不救無遠不援則出其所必趨使煩而困也

凡此五者將之過也用兵之災也陳皞曰良將則不然不必死不必生隨事而用不忿速不恥辱見可如虎否則閉戶動靜以計不可喜怒也○梅堯臣曰皆將之失爲兵之凶○何氏曰將材古今難之其性往往失於一偏爾故孫子首篇言將者智信仁勇嚴貴其全也○張預曰庸常之將守一而不知變故取則於己爲凶於兵智者則不然雖勇而不必死雖怯而不必生雖剛而不可侮雖廉而不可辱雖仁而不可煩也

覆軍殺將必以五危不可不察也賈林曰此五種之人不可任爲大將用兵必敗也○梅堯臣曰當慎重焉○張預曰言須識權變不可執一道也

行軍篇

曹操曰擇便利而行也○王晳曰行軍當據地便察敵情也○張預曰知九地之變然後

可以擇利而行軍故次九變

孫子曰凡處軍相敵王晳曰處軍凡有四相敵凡三十有一○張預曰自絶山依谷至伏姦之所處則處軍之事也自敵近而靜至必謹察之則相敵之事也相猶察也料也絶山依谷曹操曰近水草利便也○李筌曰軍我敵彼也相其依止則勝敗之數彼我之勢可知也絶山守險也谷近水草夫列營壘必先分卒守隘縱畜牧樵採而後寧○杜牧曰絶過也依近也言行軍經過山險須近谷而有水草之利也吳子曰無當天竈大谷之口言不可當谷但近谷而處可也○賈林曰兩軍相當敵宜擇利而動絶山跨山依谷傍谷也跨山無後患依谷有水草也○梅堯臣曰前爲山所隔則依谷以爲固○王晳曰絶度也依謂附近耳曹公曰近水草便利也○張預曰絶猶越也凡行軍越過山險必依附溪谷而居一則利水草一則負險固後漢武都羌爲寇馬援討之羌在山上援據便地奪其水草不與戰羌窮困悉降羌不知依谷之利也視生處高曹操曰生者陽也○李筌曰向陽曰生在山曰高生高之地可居也○杜牧曰言須處高而面南也○陳皥曰若地有東西其法何如答曰然則面東也○賈林曰居陽曰生視生爲無蔽冒物色處軍當在高○杜佑曰高陽也視謂目前生地處軍當在高○梅堯臣曰若在陵之上必向陽而居處高乘便也○張預曰視生謂面陽也處軍當在高阜戰隆無登曹操曰無迎高也○李筌曰敵自高而下我無登而取之○杜牧曰隆高也言敵人在高我不可自下往高迎敵人而接戰也一作戰降無登降下也○賈林曰戰宜乘下不可迎高也○杜佑曰無迎高也謂山下也戰於山下敵引之上山無登逐也○梅堯臣曰敵處地之高不可登而戰○張預曰敵處隆高之地不可登迎與戰一本作戰降無登迎謂敵下山來戰引我上山則不可登迎此處山之軍也梅堯臣曰處山當知此三者○張預曰凡高而崇者皆謂之山處山拒敵以上三事爲法絶水必遠水曹操[illegible]筌曰引敵使渡○杜牧曰魏將郭淮在漢中蜀主劉備欲渡漢水來攻諸[illegible]議衆寡不敵欲衣水爲陳以拒之淮曰此示弱而不足挫敵不如遠

水爲陳引而致之半濟而後擊備可破也既列陳備疑不敢渡○梅
堯臣曰前爲水所隔則遠水以引敵○王晳曰我絕水也曹説是也
○張預曰凡行軍過水欲舍止者必去水稍遠一則引敵使
渡一則進退無礙郭淮遠水爲陳劉備悟之而不渡是也

客絕水而來勿迎之於水內令半濟而擊之利

李筌曰韓
信殺龍且於濰水夫槩敗楚子於清發是也○杜牧曰楚漢相持項
羽自擊彭越令其大司馬曹咎守成皋漢軍挑戰咎涉汜水戰漢軍
候半涉擊大破之水内乃汭也誤爲内耳○梅堯臣曰敵之方來迎
於水濱則不渡○王晳曰内當作汭迎於水汭則敵不敢濟遠則趨
利不及當得其宜也○何氏曰如春秋時宋公及楚人戰于泓宋人
既成列楚人未既濟司馬曰彼衆我寡及其未既濟也請擊之公曰
不可既濟而未成列又以告公曰未可既陳而後擊之宋師敗績公
傷股門官殲焉宋公違之故敗也吳伐楚楚師敗及清發將擊之夫
槩王曰困獸猶鬬況人乎若知不免而致死必敗我若使先濟者知
免後者慕之蔑有鬬心矣半濟而後可擊也從之又敗之魏將郭淮

在漢中蜀主劉備欲渡漢水來攻時諸將等議曰衆寡不敵欲依水
爲陳以拒之淮曰此則示弱而不足以挫敵非算也不如遠水爲陳
引而致之半濟而後擊備可破也既陳備疑不敢渡唐武德中薛萬
均與羅藝守幽燕竇建德率衆十萬寇范陽萬均謂藝曰衆寡不敵
今若出鬬百戰百敗當以計取之可令羸兵弱馬阻水背城爲陳以
誘之賊若渡水交兵請公精騎百人伏於城側待其半渡而擊之從
之建德渡水萬均擊破之○張預曰敵若引兵渡水來戰不可迎之
於水邊俟其半濟行列未定首尾不接擊之必勝公孫瓚敗黃巾賊
於東光薛萬均破竇建
德於范陽皆用此術也

欲戰者無附於水而迎客

曹操
曰附
近也○李筌曰附水迎客敵必不得渡而與我戰○杜牧曰言我欲
用戰不可近水迎敵恐敵人疑我不渡也義與上同但客主詞異耳
○杜佑曰附近也近水待敵不得渡也○梅堯臣曰必欲戰亦莫若
遠水○王晳曰我利在戰則當差遠使敵必渡而與之戰也○張預
曰我欲必戰勿近水迎敵恐其不得渡我不欲戰則阻水拒之使不
能濟晉將陽處父與楚將子上夾泜水而軍陽子退舍欲使楚人渡

子上亦退舍欲令晉師渡遂皆不戰而歸**視生處高**曹操曰水上亦當處其高也前向水後當依高而處之○梅堯
臣曰水上亦據高而向陽○王晳曰曹公曰水上亦當處其高晳謂謂近水之地下曹註云恐溉我也疑當在此下○何氏曰視生向
陽遠視也軍處高遠見敵勢則敵人不得潛來出我不意○張預曰或岸邊爲陳或水上泊舟皆須面陽而居高**無迎水**
流曹操曰恐溉我也○李筌曰恐溉我也智伯灌趙襄子光武潰王尋迎水處高乃敗之○杜牧曰水流就下不可於卑下處軍
也恐敵人開決灌浸我也上文云視生處高也諸葛武侯曰水上之陳不逆其流此言我軍舟船亦不可泊於下流言敵人得以乘流而
薄我也○賈林曰水流之地可以溉吾軍可以流毒藥迎逆也一云逆流而營軍兵家所忌○梅堯臣曰無軍下流防其決灌舳艫之戰
逆亦非便○王晳曰當乘上流魏曹仁征吳欲攻濡須洲中蔣濟曰賊據西岸列船上流而兵入洲中是謂自內地獄危亡之道也仁不
從而敗○何氏曰順流而戰則易爲力○張預曰卑地勿居恐決水溉我舟戰亦不可處下流以彼沿我泝戰不便也兼慮敵人投毒於

上流楚令尹拒吳卜戰不吉司馬子魚曰我得上流何故不吉遂決戰果勝是軍須居上流也**此處水上之**
軍也梅堯臣曰處水上當知此五者○張預曰凡近水爲陳皆謂水上之軍水上拒敵以上五事爲法**絶斥澤**
惟亟去無留陳皥曰斥鹹鹵之地水草惡漸洳不可處軍新訓曰地固斥澤不生五穀者是也○賈林曰鹹
鹵之地多無水草不可久留○梅堯臣曰斥遠也曠蕩難守故不可留○王晳曰斥鹵也地廣且下而無所依○張預曰刑法志云山川
沈斥顔師古註曰沈深水之下斥鹹鹵之地然則斥澤謂瘠鹵漸洳之所也以其地氣濕潤水草薄惡故宜急過**若交軍**
於斥澤之中必依水草而背衆樹曹操曰不得已與敵會於斥澤
中○李筌曰急過不得戰必依水背樹夫有水樹其地無陷溺也○杜牧曰斥鹵之地草木不生謂之飛鋒言於此忽遇敵即須擇有水
草林木而止之○杜佑曰一本作背衆木言不得已與敵戰而會斥澤之中當背稠樹以爲固守蓋地利兵之助也○梅堯臣曰不得已

而會敵則依近水草背倚衆木○王晳曰斥與敵遇於此亦必就利而背固也○張預曰不得已而會兵於此地必依近水草以便樵汲背倚林木以爲險阻

此處斥澤之軍也梅堯臣曰處斥澤當知此二者○張預曰處斥澤之地以上二事爲法

平陸處易曹操曰車騎之利也○杜牧曰言於平陸必擇就其中坦易平穩之處以處軍使我車騎得以馳逐○王晳同曹操註○何氏同杜牧註○張預曰平原廣野車騎之地必擇其坦易無坎陷之處以居軍所以利於馳突也

而右背高前死後生曹操曰戰便也○李筌曰夫人利用皆便於右是以背之前死致敵之地後生我自處○杜牧曰太公曰軍必左川澤而右丘陵死者下也生者高也下不可以禦高故戰便於軍馬也○賈林曰崗阜曰生戰地曰死後崗阜處軍穩前臨地用兵便高在右回轉順也○梅堯臣曰擇其坦易車騎便利右背丘陵勢則有憑前低後隆戰者所便○王晳曰凡兵皆宜向陽既後背山即前生後死疑文誤也○張預曰雖是平陸須有高阜必右背之所以恃爲形勢者也前低後高所以便乎奔擊也

此處平陸之軍也梅堯臣曰處平陸當知此二者○張預曰居平陸之地以上二事爲法○

凡此四軍之利李筌曰四者山水斥澤平陸也○張預曰山水斥澤平陸之四軍也諸葛亮曰山陸之戰不升其高水上之戰不逆其流草上之戰不涉其深平地之戰不逆其虛此兵之利也

黃帝之所以勝四帝也曹操曰黃帝始立四方諸侯無不稱帝以此四地勝之也○李筌曰黃帝始受兵法於風后而滅四方故曰勝四帝也○梅堯臣曰四帝當爲四軍字之誤歟言黃帝得四者之利處山則勝山處水上則勝水上處斥澤則勝斥澤處平陸則勝平陸也○王晳曰四帝或曰當作四軍曹公曰黃帝始立四方諸侯無不稱帝以此四地勝之也一本無作亦○何氏曰梅氏之說得之○張預曰黃帝始立四方諸侯亦稱帝以此四地勝之按史記黃帝紀云與炎帝戰於阪泉與蚩尤戰於涿鹿北逐葷粥又太公六韜言黃帝七十戰而定天下此即是有四方諸侯戰也兵家之法皆始於黃帝故云然也

凡軍好高而惡下

梅堯臣曰高則爽塏所以安和亦以便勢下則卑濕所以生疾亦以難戰○王晳曰有降無登且遠水患也○張預曰居高則便於覘望利於馳逐處下則難以為固易以生疾

貴陽而賤陰梅堯臣曰處陽則明順處陰則晦逆○王晳曰久處陰濕之地則生憂疾且弊軍器也○張預曰東南為陽西北為陰

養生而處實曹操曰恃滿實也養生向水草可放牧養畜乘實猶高也○梅堯臣曰養生便水草處實利糧退○王晳曰養生謂水草糧糗之屬處實者倚固之謂○張預曰養生謂就善水草放牧也處實謂倚隆高之地以居也

軍無百疾是謂必勝李筌曰夫人處卑下必癘疾惟高陽之地可居也○杜牧曰生者陽也實者高也言養之於高則無卑濕陰翳故百疾不生然後必可勝也○梅堯臣曰能知上三者則勢勝可必疾氣不生○張預曰居高面陽養生處厚可以必勝地氣乾燥故疾癘不作

丘陵隄防必處其陽而右背之杜牧曰凡遇丘陵隄防之地常居其東南也○梅堯臣曰雖非至高亦當前向明而右依實○王晳曰處陽則人舒以和器健以利也○張預曰面陽所以貴明顯背高所以為險固

此兵之利地之助也梅堯臣曰兵所利者得形勢以為助○張預曰用兵之利得地之助

上雨水沫至欲涉者待其定也曹操曰恐半涉而水遽漲也○李筌曰恐水暴漲○杜牧曰言過溪澗見上流有沫此乃上源有雨待其沫盡水定乃可涉不爾半涉恐有瀑水卒至也○杜佑曰恐半渡水而遂漲上雨水當清而反濁沫至此敵人權過水之占也欲以中絕軍凡地有水欲漲沫先至皆為絕軍當待其定也○梅堯臣曰流沫未定恐有暴漲○王晳曰水漲則沫涉步濟也曹說是也○張預曰渡未及畢濟而大水忽至也沫謂水上泡漚

凡地有絕澗前後嶮峻水橫其中

天井四面峻坂澗壑所歸

天牢三面環絕易入難出

天羅草木蒙密鋒鏑莫施

天陷卑下汙濘車騎不通

天隙兩山相向洞道狹惡六害皆梅堯臣注

必亟去之勿近也曹操曰山

深、丈者爲絕澗中方高中央下爲天井深山所過若蒙籠者爲天牢可以羅絕人者爲天羅地形陷者爲天陷山澗道迫狹地形深數尺長數丈者爲天隙○杜牧曰軍讖曰地形坳下大水所及謂之天井山澗迫狹可以絕人謂之天牢澗水澄闊不測淺深道路泥濘人馬不通謂之天陷地多溝坑坎陷木石謂之天隙林木隱蔽葭葦深遠謂之天羅○賈林曰兩岸深闊斷人行爲絕澗下中之下爲天井四邊澗險水草相兼中央傾側出入皆難爲天牢道路崎嶇或寬或狹細澀難行爲天羅地多沮洳爲天陷兩邊險絕形狹長而數里中間難通人行可以絕塞出入爲天隙此六害之地不可近背也○梅堯臣曰六害尚不可近況可留乎○王晳曰晳謂絕澗當作絕天澗脫天字耳此六者皆自然之形也牢謂如獄牢羅謂如網羅也陷謂溝坑淤濘之屬隙謂木石若隙罅之地軍行過此勿近不然則脫有不虞智力無所施也○張預曰谿谷深峻莫可過者爲絕澗外高中下衆水所歸者爲天井山險環繞所入者隘爲天牢林木縱橫葭葦隱蔽者爲天羅陂池泥濘漸車凝騎者爲天陷道路迫狹地多坑坎者爲天隙凡遇此地宜遠過不可近之

吾遠之敵近之吾迎之敵背之

曹操曰用兵常遠六害令敵近背之則我利敵凶○李筌曰善用兵者致敵之受害之地也○杜牧曰迎向也背倚也言遇此六害之地吾遠之向之則進止自由敵人近之倚之則舉動有阻故我利而敵凶也○梅堯臣曰言六害當使我遠而敵附我向而敵倚則我利敵凶○張預曰六害之地我既遠之向之敵自近之倚之我則行止有利彼則進退多凶也

軍行有險阻潢井葭葦山林蘙薈者必謹覆索之此伏姦之所處也

曹操曰險者一高一下之地阻者多水也潢者池也井者下也葭葦者衆草所聚山林者衆木所居也蘙薈者可屏蔽之處也此以上論地形也以下相敵情也○李筌曰以下恐敵之竒伏誘詐也○梅堯臣曰險阻隘也山林之所產潢井下也葭葦之所生皆蘙薈足以蒙蔽當掩搜恐有伏兵○張預曰險阻丘阜之地多生山林潢井卑下之處多產葭葦皆蘙薈可以蒙蔽必降索之恐兵伏其中又慮姦細潛隱覘我虛實聽我號令伏姦當爲兩事

敵近而靜者恃其險也梅堯臣曰近而不動倚險故也○王晳曰恃險故不恐也

遠而挑戰者欲人之進也杜牧曰若近以挑我則有相薄之勢恐我不進故遠也○陳皥曰敵人相近而不挑戰恃其守險也若遠而挑戰者欲誘我使進然後乘利而奮擊也○梅堯臣同陳皥註○王晳曰欲致人也挑謂擿驍敵求戰○張預曰兩軍相近而終不動者倚恃險固也兩軍相遠而數挑戰者欲誘我之進也尉繚子曰分險者無戰心言敵人先分據險地則我勿與之戰也又曰挑戰者無全氣言相去遠與挑戰而延誘我進即不可以全氣擊之與此法同也

其所居易者利也曹操曰所居利也○李筌曰居勿之地致人之利○杜牧曰言敵不居險阻而居平易必有以便利於事也一本云士爭其所居者易利也○陳皥曰言敵人得其地利則將士爭以居之也○賈林曰敵之所居地多便利故挑我使前就己之便戰則易獲其利愼勿從之也○梅堯臣曰所居易利故來挑戰○王晳同曹操註○張預曰敵人捨險而居易者必有利也或曰敵欲人之進故處於平易以示利而誘我也

衆樹動者來也曹操曰斬伐樹木除道進來故動○梅堯臣同曹操註○張預曰凡軍必遣善視者登高覘敵若見林木動搖者是斬木除道而來也或曰不止除道亦將爲兵器也若晉人伐木益兵是也

衆草多障者疑也曹操曰結草爲障欲使我疑也○杜牧曰言敵人或營壘未成或拔軍潛去恐我來追或爲掩襲故結草使往往相聚如有人伏藏之狀使我疑而不敢進也○賈林曰結草多爲障蔽者欲使我疑之於中兵必不實欲別爲攻襲宜審備之○杜佑曰結草多障欲使我度稠草中多障蔽者敵必避去恐追及多作障蔽使人疑有伏焉○張預曰或敵欲追我多爲障蔽設留形而遁以避其追或欲襲我叢聚草木以爲人屯使我備東而擊西皆所以爲疑也

鳥起者伏也曹操曰鳥起其上下有伏兵○李筌曰藏兵曰伏○杜佑曰下有伏兵往藏觸鳥而驚起也○張預曰鳥適平飛至彼忽高起者下有伏兵也

獸駭者覆也曹操曰敵廣陳張翼來覆我也○李筌曰不意而至曰覆○杜牧曰凡敵

欲覆我必由他道險阻林木之中故驅起伏獸駭逸也覆者來襲我也○陳皞曰覆者謂隱於林木之内潛來掩我候兩軍戰酣或出其左右或出其前後若驚駭伏獸也○梅堯臣曰獸驚而奔旁有覆○張預曰凡欲掩覆人者必由險阻草木中來故驚起伏獸奔駭也○

塵高而鋭者車來也 杜牧曰車馬行疾仍須魚貫故塵高而尖○杜佑曰車馬行疾塵相衝故高也○梅堯臣曰蹄輪勢重塵必高鋭○張預曰車馬行疾而勢重又轍迹相次而進故塵埃高起而鋭直也凡軍行須有探候之人在前若見敵塵必馳報主將如潘黨望晉塵使騁而告是也

卑而廣者徒來也 杜牧曰步人行遲可以並列故塵低而闊也○梅堯臣曰人步低輕塵必卑廣○王晳曰車馬起塵猛步人則差緩也○張預曰徒步行緩而迹輕又行列疎遠故塵低而來

散而條達者樵採也 李筌曰煙塵之候晉師伐齊曳柴從之齊人登山望而畏其衆乃夜遁薪來即其義也此筌以樵採二字爲薪來字○杜牧曰樵採者各隨所向故塵埃散衍條達縱横斷絶貌也○梅堯臣曰樵採隨處塵必縱横○王晳曰條達纖微斷續之貌○張預曰分遣厮役隨處樵採故塵埃散亂而成隧道

少而往來者營軍也 杜牧曰欲立營壘以輕兵往來爲斥候故塵少也○梅堯臣曰輕兵定營往來塵少○張預曰凡分栅營者必遣輕騎四面近視其地欲周知險易廣狹之形故塵微而來

辭卑而益備者進也 曹操曰其使來卑辭使間視之敵人增備也○杜牧曰言敵人使來言辭卑遜復增壘塗壁若懼我者是欲驕我使懈怠必來攻我也趙奢救閼與去邯鄲三十里增壘不進秦間來必善食遣之間以報秦將秦將果大喜曰閼與非趙所有矣奢既遣秦間乃倍道兼行掩秦不備擊之遂大破秦軍也○梅堯臣曰欲進者外則卑辭内則益備欵我也○張預曰使來辭遜敵復增備欲驕我而後進也田單守即墨燕將騎劫圍之單身操版插與士卒分功使妻妾編行伍之間散食饗士乃使女子乘城約降燕大喜又收民金千鎰令富豪遣使遺燕將書曰城即降願無虜妻妾燕人益懈乃出兵擊大破之

辭彊而進驅者退也 曹操曰詭詐也

○杜牧曰吳王夫差北征會晉定公於黃池越王句踐伐吳吳晉方爭長未定吳王懼乃合大夫而謀曰無會而歸與會而先晉孰利王孫雒曰必會而先之吳王曰先之若何雒曰今夕必挑戰以廣民心乃能至也於是吳王以帶甲三萬人去晉軍一里聲動天地晉使董褐視之吳王親對曰孤之事君在今日不得事君亦在今日董褐曰臣觀吳王之色類有大憂吳將毒我不可與戰乃許先歃吳王既會遂還焉○杜佑曰詭詐驅馳示無所畏是知欲退也○梅堯臣曰欲退者使既詞壯兵又彊進脅我也○王晳曰辭彊示進形欲我不虞其去也○張預曰使來辭壯軍又前進欲脅我而求退也秦行人夜戒晉師曰兩軍之士皆未慭也來日請相見晉臾駢曰使者目動而言肆懼我也秦果宵遁

輕車先出居其側者陳也曹操曰陳兵欲戰也○杜牧曰出輕車先定戰陳疆界也○賈林曰輕車前禦欲結陳而來也○張預曰輕車戰車也出軍其旁陳兵欲戰也按魚麗之陳先偏後伍言以車居前以伍次之然則是欲戰者車先出其側也

無約而請和者謀也李筌曰無質盟之約請和者必有謀於人田單詐騎劫紀信誑項羽即其義也○杜牧曰貞元三年吐蕃首領尚結贊因侵掠河曲遇疫癘人馬死者太半恐不得回乃詐與侍中馬燧款懇因奏請盟會燧乃盟之時河中節度使渾瑊奏曰若國家勒兵境上以謀伐爲計蕃戎請盟亦聽信之今吐蕃無所求於國家遽請盟會必恐不實上不納渾瑊率衆二萬屯涇州平涼縣盟壇在縣西三十里五月十三日瑊率三千人會壇所吐蕃果衷甲劫盟焉○陳皡曰因盟相劫不獨國朝晉楚會於宋楚人衷甲欲襲晉晉人知之是以失信也今言無約而請和蓋揔論兩國之師或侵或伐彼我皆未屈弱而無故請和好者此必敵人國內有憂危之事欲爲苟且暫安之計不然則知我有可圖之勢欲使不疑先求和好然後乘我不備而來取也石勒之破王浚也先密爲和好又臣服於浚知浚不疑乃請修朝覲之禮浚許之及入因誅浚而滅之○杜佑曰未有要約而便來請和有間謀也○梅堯臣曰無約請和必有姦謀○王晳曰無故驟請和者宜防他謀也○張預曰無故請和必有姦謀漢高祖欲以擊秦軍使酈食其持重寶啗其將賈豎秦將果欲連和高祖因其怠而擊之秦師大敗又晉將李矩守滎陽

劉暢以三萬人討之矩遣使奉牛酒請降潛匿精兵見其弱卒暢大饗士卒人皆醉飽矩夜襲之暢僅以身免

奔走而陳兵車者期也

李筌曰戰有期及將用是以奔走之○杜牧曰上文輕車先出居其側者陳也蓋先出車定戰場界立旗爲表奔走赴表以爲陳也旗者期也與民期於下也周禮大蒐曰車驟徒趨及表乃止是也○賈林曰尋常之期不合奔走必有遠兵相應有晷刻之期必欲合勢同來攻我宜速備之○梅堯臣曰立旗爲表奔以赴列○王晳曰陳而期民將求戰也○張預曰立旗爲表與民期於下故奔走以赴之周禮曰車驟徒趨及表乃止是也

半進半退者誘也

李筌曰散於前○杜牧曰僞爲雜亂不整之狀誘我使進也○梅堯臣曰進退不一欲以誘我○王晳曰詭亂形也○張預曰詐爲亂形是誘我也若吳子以囚徒示不整以誘楚師之類也

杖而立者飢也

李筌曰困不能齊○杜牧曰不食必困故杖也一本從此仗字○杜佑曰倚仗矛戟而立者飢之意○梅堯臣曰倚兵而立者足見飢弊之色○王晳曰倚仗者困餒之相○張預曰凡人不食則困故倚兵器而立三軍飲食上下同時故一人飢則三軍皆然

汲而先飲者渴也

李筌曰汲未至先飲者士卒之渴○杜牧曰命之汲水未及而先取者渴也覩一人三軍可知也○梅堯臣同杜牧註○王晳曰以此見其衆行驅飢渴也○張預曰汲者未及歸營而先飲水是三軍渴也

見利而不進者勞也

曹操曰士卒之疲勞也○李筌曰士卒難用也○杜佑曰士疲倦也敵人來見我利而不能擊進者疲勞也○梅堯臣曰人其困乏何利之趨○張預曰士卒疲勞不可使戰故雖見利將不敢進也

鳥集者虛也

李筌曰城上有鳥師其遁也○杜牧曰設留形而遁齊與晉相持叔向曰鳥烏之聲樂齊師其遁後周齊王憲伐高齊將班師乃以栢葉爲幕燒糞壤去高齊視之二日乃知其空營追之不及此乃設留形而遁走也○陳皥曰此言敵人若去營幕必空禽鳥既無畏乃鳴集其上楚子元伐鄭將奔諜者告曰楚幕有烏乃止則知其是設留形而遁也此篇蓋孫子辨敵之情僞也○杜佑曰敵大作營壘示我衆而鳥集止其中者虛也○梅堯臣曰

敵人既去營壘空虛烏烏無猜來集其上○張預曰凡敵潛退必存營幕禽烏見空鳴集其上楚伐鄭鄭人將奔諜告曰楚幕有烏乃止又晉伐齊叔向曰城上有烏齊師其遁此乃設留形而遁也

夜呼者恐也曹操曰軍士夜呼將不勇也○李筌曰士卒怯而將懦故驚恐相呼○杜牧曰恐懼不安故夜呼以自壯也○陳皥曰十人中一人有勇雖九人怯懦恃一人之勇亦可自安今軍士夜呼蓋是將無勇曹說是也○孟氏同陳皥註○張預曰三軍以將爲主將無膽勇不能安衆故士卒恐懼而夜呼若晉軍終夜有聲是也

軍擾者將不重也李筌曰將無威重則軍擾○杜牧曰言進退舉止輕佻率易無威重軍士亦擾亂也○陳皥曰將法令不嚴威容不重士因以擾亂也○梅堯臣同陳皥註○張預曰軍中多驚擾者將不持重也張遼屯長社夜軍中忽亂一軍盡擾遼謂左右勿動是必有造變者欲以動亂人耳乃令軍士安坐遼中陳而立有頃即定此則能持重也○

旌旗動者亂也杜牧曰魯莊公敗齊于長勺曹劌請逐之公曰若何對曰視其轍亂而旗靡故逐之○杜佑曰旌旗謬動抵東觸西傾倚者亂也○梅堯臣曰旌旗輒動偃亞不次無紀律也○張預曰旌旗所以齊衆也而動搖無定是部伍雜亂也

吏怒者倦也杜牧曰衆悉倦弊故吏不畏而忿怒也○陳皥曰將與不急之役故人人倦弊也○賈林曰人困則多怒○梅堯臣曰吏士倦煩怒不畏避也○張預曰政令不一則人情倦故吏多怒也晉楚相攻晉裨將趙旃魏錡怒而欲敗晉軍皆奉命于楚卻克曰二憾往矣弗備必敗是也

粟馬肉食軍無懸缻不返其舍者窮寇也一云殺馬肉食者軍無糧也軍無懸缻不返其舍者窮寇也○李筌曰殺其馬而食肉故曰軍無糧也不返舍者窮迫不及竈也○杜牧曰粟馬言以糧穀秣馬也肉食者殺牛馬饗士也軍無懸缻者悉破之示不復炊也不返其舍者晝夜結部伍也如此皆是窮寇必欲決一戰爾缻音府炊器也○梅堯臣曰給糧以秣乎馬殺畜以饗乎士棄缻不復炊暴露不返舍是欲決戰而求勝也○王晳曰粟馬肉食所以爲力且久也軍無缻不復飲食也不返舍無回心也皆謂以死決戰耳敵如此者當

堅守以待其弊也○張預曰捐糧穀以秣馬殺牛畜以饗士破釜及甑不復炊爨暴露兵衆不復反舍兹窮寇也孟明焚舟楚軍破釜之類是也

諄諄翕翕徐與人言者失衆也

曹操曰諄諄語貌翕翕失志貌○李筌曰諄諄翕翕竊語貌士卒之心恐上則私語而言是失衆也○杜牧曰諄諄者乏氣聲促也翕翕者顛倒失次貌如此者憂在內是自失其衆心也○賈林曰諄諄竊議貌翕翕不安貌徐與人言遮相問貌如此者必散失部曲也○梅堯臣曰諄諄詳吐誠懇也翕翕曠職事也緩言彊安恐衆離也○王晳曰諄諄語誠懇之貌翕翕者患其上也將失人心則衆相與語誠懇而患其上也○何氏曰兩人竊語誹議主將者也○張預曰諄諄語也翕翕聚也徐緩也言士卒相聚私語低緩而言以非其上是不得衆心也

數賞者窘也

李筌曰窘則數賞以勸進○杜牧曰勢力窮窘恐衆爲叛數賞以悅之○孟氏曰軍實窘也恐士卒心怠故別行小惠也○梅堯臣曰勢窮憂叛離屢賞以悅衆○王晳曰衆窘而不和裕則數賞以悅之○張預曰勢窘則易離故屢賞以撫士

數罰者困也

李筌曰困則數罰以勵士○杜牧曰人力困弊不畏刑罰故數罰以懼之○梅堯臣曰人弊不堪命屢罰以立威○王晳曰衆困而不精勤則數罰以脅之也○張預曰力困則難用故頻罰以畏衆

先暴而後畏其衆者不精之至也

曹操曰先輕敵後聞其衆則心惡之也○李筌曰先輕後畏是勇而無剛者不精之甚也○杜牧曰料敵不精之甚○賈林曰教令不能分明士卒又非精練如此之將先欲彊暴伐人衆悖則懼也至懦之極也○梅堯臣曰先行乎嚴暴後畏其衆離訓罰不精之極也○王晳曰敵先行列暴後畏其衆離爲將不精之甚也○何氏曰寬猛相濟精於將事也○張預曰先輕敵後畏人或曰先刻暴御下後畏衆叛巳是用威行愛不精之甚故上文以數賞數罰而言也

來委謝者欲休息也

李筌曰徐前而疾後曰委謝○杜牧曰所以委質來謝此乃勢巳窮或有他故必欲休息也○賈林曰氣委而言謝者欲求兩解○杜佑曰戰未相伏而下意氣相委謝者欲休息也○梅堯臣曰力屈欲休兵委質以來謝○王晳曰

勢不能久○張預曰以所親愛委質來謝是勢力窮極欲休兵息戰也

兵怒而相迎久而不合又不相去必謹察之曹操曰備奇伏也○李筌曰是軍必有奇伏須謹察之○杜牧曰盛怒出陳久不交刃復不解去有所待也當謹伺察之恐有奇伏旁起也○孟氏曰備有別應○梅堯臣曰怒而來逆我久而不接戰且又不解去必有奇伏以待我此以上論敵情○張預曰勇怒而來既不合戰又不引退當密伺之必有奇伏也

兵非益多也曹操曰權力均一云兵非貴益多○賈林曰不貴衆擊寡所貴寡擊衆○王晳曰晳謂權力均足矣不以多爲益○張預曰兵非增多於敵謂權力均也

惟無武進曹操曰未見便也○賈林曰武不足專進專進則暴○王晳曰不可但恃武也當以計智料敵而行○張預曰武剛也未能用剛武以輕進謂未見利也

足以併力料敵取人而已曹操曰厮養足也○李筌曰兵衆武用力均惟得人者勝也○杜牧曰言我與敵人兵力皆均惟未能用武前

進者蓋未得見其人也但能於厮養之中揀擇其材亦足并力料敵而取勝不假求於他也○陳皞曰言我兵力不多於敵又無利便可進不必他國乞師但於厮養中併力取人亦可破敵也○賈林曰雖無武勇之力而輕進足以智謀料敵併力而取敵人也○梅堯臣曰武繼也兵雖不足以繼進足以并給役厮養之力量敵而取勝也○王晳曰晳謂善分合之變者足以併力乘敵閒取勝人而已故雖厮養之輩可也況精兵乎曹說是也○張預曰兵力既均又未見便雖未足剛進足以取人於厮養之中以并兵合力察敵而取勝不必假他兵以助己故尉繚子曰天下助卒名爲十萬其實不過數萬其兵來者無不謂其將曰無爲天下先戰此言助卒無益不如己有兵法也

夫惟無慮而易敵者必擒於人杜牧曰無有深謀遠慮但恃一夫之勇輕易不顧者必爲敵人所擒也○陳皞曰惟猶獨也此言殊無遠慮但輕敵者必爲其所擒不獨言其勇也左傳曰蜂蠆有毒而況國乎則小敵亦不可輕○王晳曰唯不能料敵但以武進則必爲敵所擒明患不在於不多也○張預曰不能料人反輕敵以武進必爲人

所擒也齊晉相攻齊侯曰吾姑滅此而朝食不介馬而馳之爲晉所敗是也卒未親附而罰之
則不服不服則難用也杜牧曰恩信未洽不可以刑罰齊之○梅堯臣曰傅至也德以
至之恩以親之恩德未敷罰則不服故怨而難使○王晳曰恩信非素浹洽於人心未附也○張預曰驟居將帥之位恩信未加於民而
遽以刑法齊之則懟恚而難用故田穰苴曰臣素卑賤士卒未附百姓不信又伍參曰晉之從政者新未能行令是也卒已
親附而罰不行則不可用也曹操曰恩信已洽若無刑罰則驕惰難用也○
梅堯臣曰恩德既洽刑罰不行則驕不可用○王晳曰所謂若驕子也○張預曰恩信素洽士心已附刑罰寬緩則驕不可用也故
令之以文齊之以武曹操曰文仁也武法也○李筌曰文仁恩武威罰○杜牧曰晏子舉司馬
穰苴文能附衆武能威敵也○王晳曰兵起云捴文武者軍之將兼剛柔者兵之事也是謂必取杜牧曰文武既
行必也取勝○梅堯臣曰令以仁恩齊以威刑恩威並著則能必勝○張預曰文恩以悅之武威以肅之畏愛相兼故戰必勝攻必取或
問曰書云威克厥愛允濟愛克厥威允罔功言先威也孫武先愛何也曰書之所稱仁人之兵也王者之於民恩德素厚人心已附及其
用之惟患乎寡威也武之所陳戰國之兵也霸者之於民法令素酷人心易離及其用之惟患乎少恩也令素行以
教其民則民服梅堯臣曰素舊也威令舊立教乃聽服○張預曰將令素行其民已信教而用之人人聽
服令不素行以教其民則民不服王晳曰民不素教難卒為用○何氏
曰人既失訓安得服教令素行者與衆相得也杜牧曰素先也言爲將居常無事之
時須恩信威令先著於人然後對敵之時行令立法人人信伏韓信曰我非素得拊循士大夫所謂驅市人而戰也所以使之背水令其
人人自戰以其非素受恩信威令之從也○陳皥曰晉文公始入國教其民二年欲用之子犯曰民未知義未安其居此言欲令民不苟

其生也於是出定襄王此言示以事君之大義入務利民民懷生矣又將用之子犯曰民未知信未宣其用於是伐原以示之信此言在往年伐原不貪其利而守其信民易資者不求豐焉此言人無貪利也明徵其辭公曰可矣子犯曰民未知禮未生其恭於是大蒐以示之禮及戰之時少長有禮其可用也此五者教人之本也夫令要在先申使人聽之不惑法要在必行使人守之無輕信者也三令五申示人不惑也法令簡當議在必行然後可以與衆相得也○梅堯臣曰信服已久何事不從○王晳曰知此者始可言其并力勝敵矣○張預曰上以信使民民以信服上是上下相得也尉繚子曰令之之法小過無更小疑無申言號令一出不可反易自非大過大疑則不須更改申明所以使民信也諸葛亮與魏軍戰以寡對衆卒有當代者不留而遣之曰信不可失於是人人願留一戰遂大敗魏兵是也

十一家註孫子卷中